我的心爱着世界

My Heart is Loving This world

江苏凤凰文艺出版社
JIANGSU PHOENIX LITERATURE AND ART PUBLISHING, LTD

我是一个任性的孩子 ★

——我想在大地上画满窗子
让所有习惯黑暗的眼睛
都习惯光明

也许
我是被妈妈宠坏的孩子

我希望
每一个时刻
都象彩色蜡笔那样美丽
我希望
能在心爱的白纸上画画
画出笨拙的自由
画下一个永远不会
流泪的眼睛
一片天空
一片属于天空的羽毛和树叶
一个淡绿的夜晚和苹果

我想画下早晨
画下露水
所能看见的微笑
画下所有最年轻的

一代人

黑夜给了我黑色的眼睛
我却用它寻找光明

1979年4月

星月的来由

树枝想去撕裂天空，
却只戳了几个微小的窟窿，
它透出天外的光亮，
人们把它叫做月亮和　星　星。

1968年冬

1

生命幻想曲

把我的幻影和梦，
放在狭长的贝壳里。
柳枝编成的船篷，
还旋绕着夏蝉的长鸣。
拉紧桅绳
风吹起晨雾的帆，
我开航了。

没有目的，
在蓝天中荡漾。
让阳光的瀑布，
洗黑我的皮肤。

太阳是我的纤夫。
它拉着我，
用强光的绳索，
一步步，
走完十二小时的路途。
我被风推着，
向东向西，
太阳消失在暮色里。

黑夜来了，
我驶进银河的港湾。
几千个星星对我看着，
我抛下了
新月——黄金的锚。

天微明，
海洋挤满阴云的冰山，
碰击着，
“轰隆隆”——雷鸣电闪！
我到哪里去呵？
宇宙是这样的无边。

* * *

用金黄的麦秸，
织成摇篮，
把我的灵感和心
放在里边。
装好纽扣的车轮，
让时间拖着，
去问候世界。

车轮滚过
百里香和野菊的草间。
蟋蟀欢迎我，
抖动着琴弦。
我把希望溶进花香，
黑夜像山谷，
白昼像峰巅。
睡吧！合上双眼，
世界就与我无关。

时间的马，
累倒了。
黄尾的太平鸟，
在我的车中做窝。
我仍然要徒步走遍世界——
沙漠、森林和偏僻的角落。

太阳烘着地球，
像烤一块面包。
我行走着，
赤着双脚。
我把我的足迹，
像图章印遍大地，
世界也就溶进了
我的生命。

我要唱
一支人类的歌曲，
千百年后
在宇宙中共鸣。

1971年盛夏（火道村）

2^0 2_1

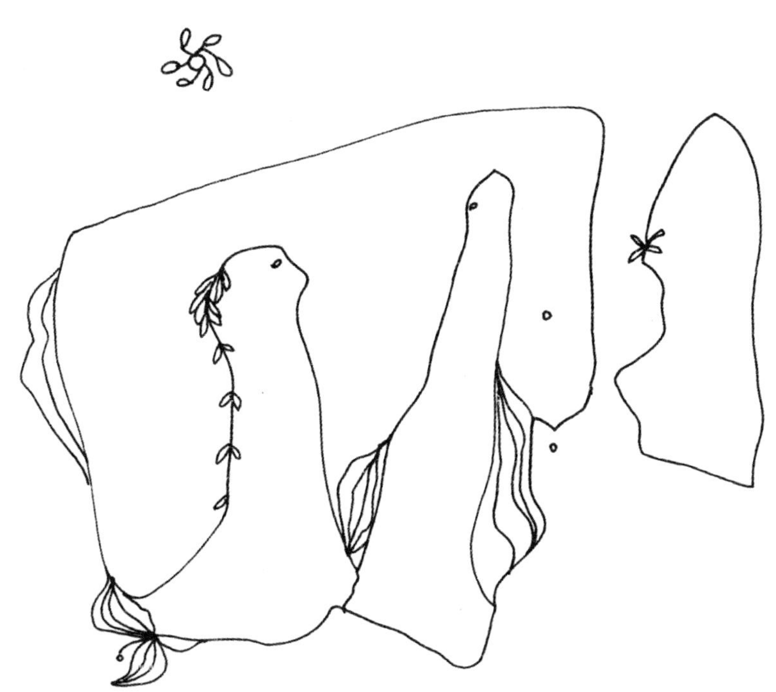

2 4

2 5

种子的梦想

种子在冻土里梦想春天。

它梦见——

龙钟的冬神下葬了，

彩色的地平线上走来少年；

它梦见——
自己颤动地舒展腰身，
长睫旁闪耀着露滴的银钻；

它梦见——
伴娘蝴蝶轻轻吻它，
蚕姐姐张开了新房的金幔；

它梦见——
无数儿女睁开了稚气的眼睛，
就像月亮身边的万千星点……

种子呵，在冻土里梦想春天，
它的头顶覆盖着一块巨大的石板。

1979年1月

3
3

小巷

小巷

又弯又长

没有门

没有窗

我拿把旧钥匙

敲着厚厚的墙

1980年6月

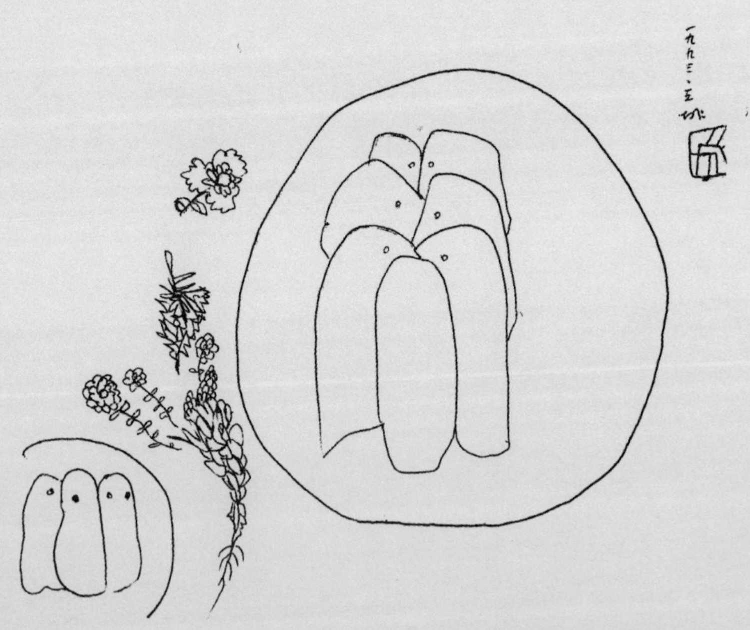
一九九三、五

4
0

4

1

弧线

鸟儿在疾风中
迅速转向

少年去捡拾
一枚分币

葡藤因幻想
而延伸的触丝

浪因退缩　而耸起的背脊

1980年8月

4

5

4　　8

4　　9

在缓缓飘动的夜里，

有一对双星，

似乎没有定轨，

只是时远时近……

1980年8月

雨行

云灰灰的，

再也洗不干净。

我们打开雨伞，

索性涂黑了天空。

5

4

5

雪人

在你的门前
我堆起一个雪人
代表笨拙的我
把你久等

你拿出一颗棒糖
一颗甜甜的心
埋进雪里
说这样就会高兴

雪人没有笑
一直没作声
直到春天的骄阳
把它溶化干净

人在哪呢？
心在哪呢？
小小的泪潭边
只有蜜蜂。

1980年2月

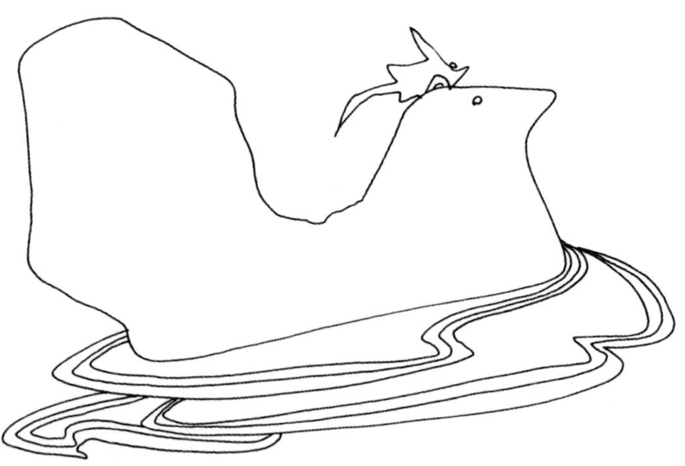

远和近

你

一会看我

一会看云

我觉得

你看我时很远

你看云时很近

1980年6月

6 6

6[7]

田埂
路是这样窄
会数我的脚印：
如果我随你去，
只能看你的背影。
1980年6月

只是一脉田埂。

拥攘而沉默的苜蓿，

禁止并肩而行。

岔开你跟我走，

7

0

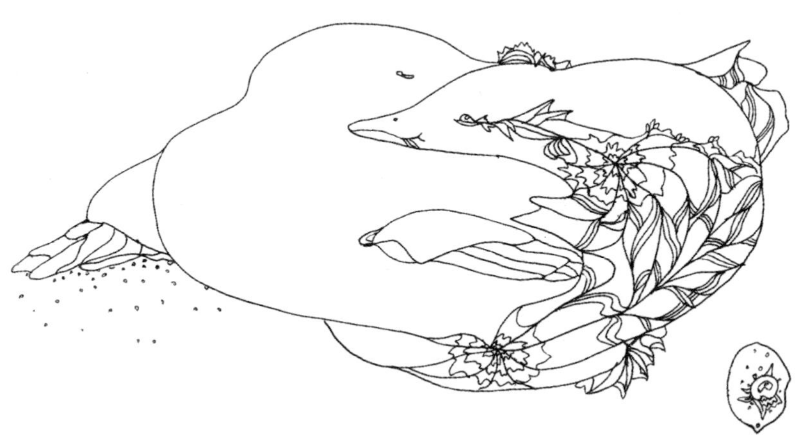

7 5

安慰

青青的野葡萄
淡黄的小月亮
妈妈发愁了
怎么做果酱
我说：
别加糖
在早晨的篱笆上
有一枚甜甜的
红太阳

1980年10月

0

8

1

8

我们去寻找一盏灯

走了那么远
我们去寻找一盏灯
你说
它在窗帘后面
被纯白的墙壁围绕
从黄昏迁来的野花
将变成另一种颜色

走了那么远
我们去寻找一盏灯
你说
它在一个小站上
注视着周围的荒草
让列车静静驰过
带走温和的记忆

走了那么远
我们去寻找一盏灯

你说
它就在大海旁边
像金橘那么美丽
所有喜欢它的孩子
都将在早晨长大

走了那么远
我们去寻找一盏灯

1980年11月

8687

假如……

假如钟声响了，　就请用羽毛　把我安葬；　我将在冥夜中，　编织一对

巨大的翅膀——　在我眷恋的祖国上空　继续飞翔　1981 年 2 月

我是一个任性的孩子

——我想在大地上画满窗子，让所有习惯黑暗的眼睛，都习惯光明

也许
我是被妈妈宠坏的孩子
我任性

我希望
每一个时刻
都像彩色蜡笔那样美丽
我希望
能在心爱的白纸上画画
画出笨拙的自由
画下一只永远不会
流泪的眼睛
一片天空
一片属于天空的羽毛和树叶
一个淡绿的夜晚和苹果
我想画下早晨
画下露水所能看见的微笑
画下所有最年轻的
没有痛苦的爱情
画下想象中
我的爱人

她没有见过阴云
她的眼睛是晴空的颜色
她永远看着我
永远，看着
绝不会忽然掉过头去

我想画下遥远的风景
画下清晰的地平线和水波
画下许许多多快乐的小河
画下丘陵——
长满淡淡的茸毛
我让它们挨得很近
让它们相爱
让每一个默许
每一阵静静的春天的激动
都成为
一朵小花的生日

我还想画下未来
我没见过她，也不可能
但知道她很美
我画下她秋天的风衣
画下那些燃烧的烛火和枫叶
画下许多因为爱她

而熄灭的心
画下婚礼
画下一个个早早醒来的节日——
上面贴着玻璃糖纸
和北方童话的插图

我是一个任性的孩子
我想涂去一切不幸
我想在大地上
画满窗子
让所有习惯黑暗的眼睛
都习惯光明
我想画下风
画下一架比一架更高大的山岭
画下东方民族的渴望
画下大海——
无边无际愉快的声音

最后，在纸角上
我还想画下自己
画下一只树熊
他坐在维多利亚深色的丛林里
坐在安安静静的树枝上
发愣

他没有家
没有一颗留在远处的心
他只有，许许多多
浆果一样的梦
和很大很大的眼睛

我在希望
在想
但不知为什么
我没有领到蜡笔
没有得到一个彩色的时刻
我只有我
我的手指和创痛
只有撕碎那一张张
心爱的白纸
让它们去寻找蝴蝶
让它们从今天消失

我是一个孩子
一个被幻想妈妈宠坏的孩子
我任性

1981年3月

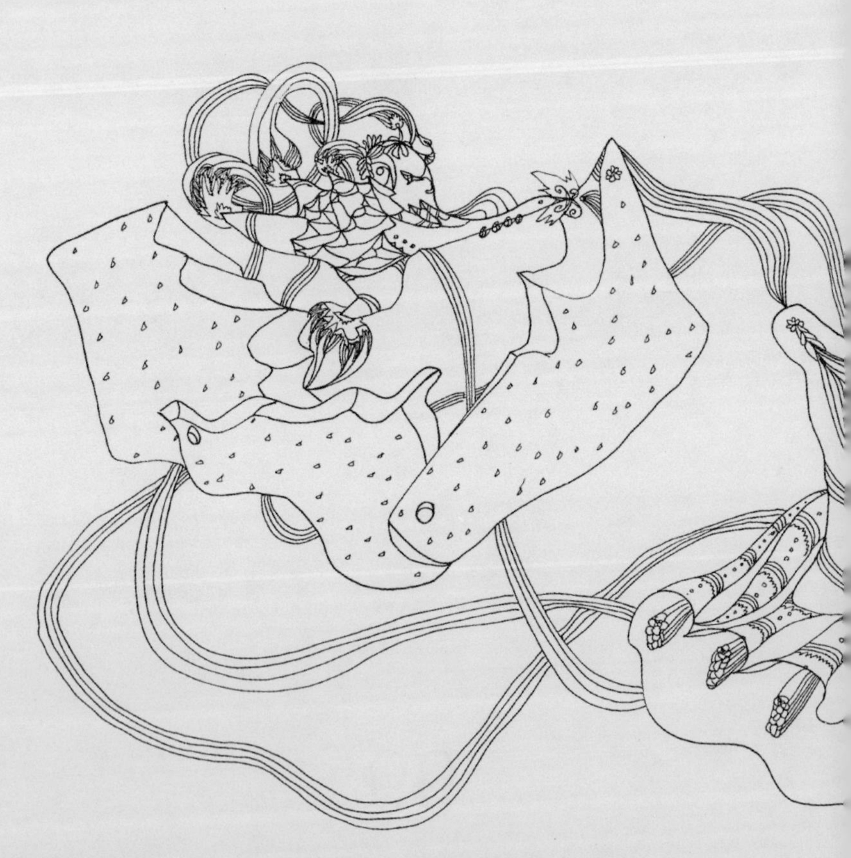

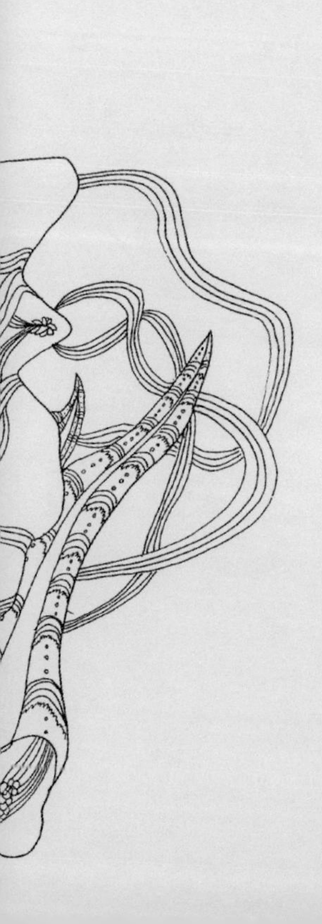

最后

最后，最后一次
我醒来
窗帘站在一边
阳光像白发般灿烂
蒲公英
在年轻的风中
飘舞，落满我的书架

那里有我的名字
我用诗的卵石
精心铺成的小路
有永远闪耀不定的泪水
有幻梦的湖泊
森林在水影中
脱下了警察的服装

也许，还有歌
还有许多
用金盏花和兰钟花
组成的欢乐
我可爱的小朋友
曾在那里奔跑
为了一只黑色、恐怖的蝴蝶

现在我卸下
我的世界
很轻，像薄纸叠成的小船
当冥海的水波
漫上床沿
我便走了
飘向那永恒的空间

1981年4月

1 1 0

1 1 1

我的心爱着世界

爱着，在一个冬天的夜晚
轻轻吻她，像一片纯净的
野火，吻着全部草地
草地是温暖的，在尽头
有一片冰湖，湖底睡着鲈鱼

我 的 心 爱 着 世 界

她溶化了，像一朵霜花
溶进了我的血液，她
亲切地流着，从海洋流向
高山，流着，使眼睛变得蔚蓝
使早晨变得红润

我 的 心 爱 着 世 界

我爱着，用我的血液为她
画像，可爱的侧面像
金玉米和群星的珠串不再闪耀
有些人疲倦了，转过头去
转过头去，去欣赏一张广告

1981年6月

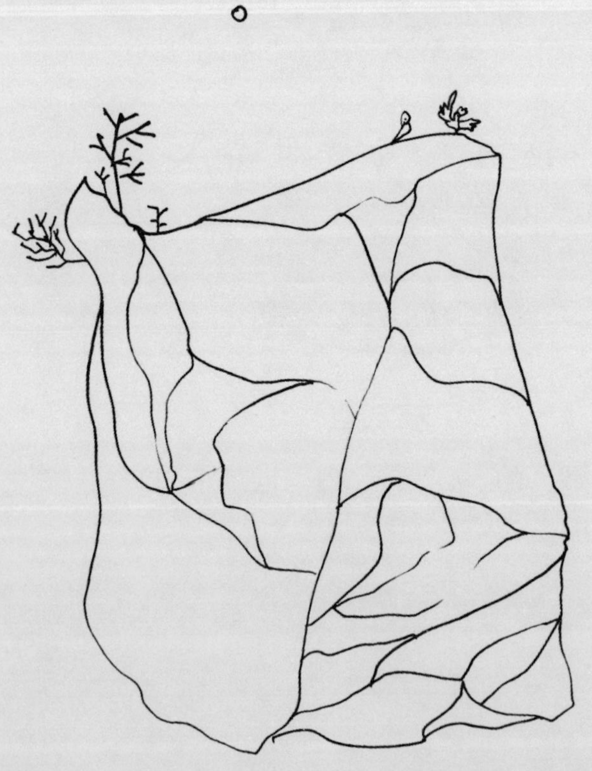

1 1 6 1 1 7

我要走啦

告别守夜的钟塔
谢谢，我要走啦
我要带走全部的星星
再不为丢失担惊受怕

告别粗大的篱笆
是的，我要走啦
你听见的偷苹果的故事
请不要告诉庙里的乌鸦

最后，告别河边的细沙
早安，我要走啦
没有谁真在这里长眠不醒
去等待十字架生根开花

我要走啦，走啦
走向绿雾蒙蒙的天涯
走哇！怎么又走到你的窗前
窗口垂着相约的手帕

不！这不是我，不是
有罪的是褐色小马
它没弄懂昨夜可怕的誓言
把我又带到你家

1982年2月

初夏

乌云渐渐稀疏
我跳出月亮的圆窗
跳过一片片
美丽而安静的积水
回到村庄

在新鲜的泥土墙上
青草开始生长

每扇木门
都是新的
都像洋槐花那样洁净
窗纸一声不吭
像空白的信封

不要相信我
也不要相信别人

把还没睡醒的
相思花
插在一对对门环里
让一切故事的开始
都充满芳馨和惊奇

早晨走近了
快爬到树上去

我脱去草帽
脱去习惯的外鞘
变成一个
淡绿色的知了
是的，我要叫了

公鸡老了
垂下失色的羽毛

所有早起的小女孩
都会到田野上去
去采春天留下的
红樱桃
并且微笑

1981年2月

12

8

9

12

剥开石榴

安达曼海上漂着自由
安达曼海上漂着石头
我伸出手
向上帝傻笑
我们需要一杯甜酒

每个独自醒来的时候
都可以看见如海的忧愁
贤慧的星星
像一片积雪
慢慢吞吞地在眼前漂流

就这样无止无休
最大的炼狱就是烟斗
一颗牙
几团光亮的尘沫
上帝从来靠无中生有

那些光还要生活多久
柔软的手在不断祈求
彼岸的歌
是同一支歌曲
轻轻啄食过我们的宇宙

1984年2月

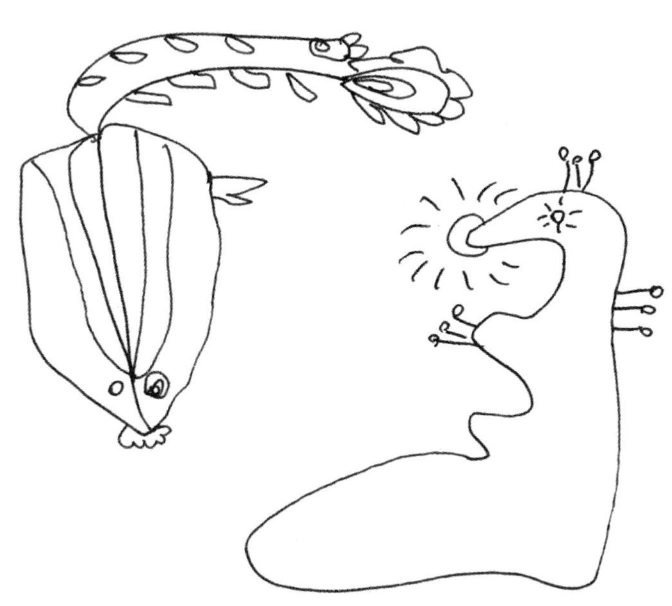

8

13

9

就在那个小村里

就在那个小村里
穿着银杏树的服装
有一个人，是我

眯起早晨的眼睛
白晃晃的沙地
更为细小的蝇壳没有损坏

周 围 潜 伏 着 透 明 的 山 岭

泉水一样的风
你眼睛的湖水中没有海草

一个没有油漆的村子
在深绿的水底观看太阳
我们喜欢太阳的村庄

在你的爱恋中活着
很久才呼吸一次
远远的荒地上闪着水流

村 子 里 有 树 叶 飞 舞

我们有一块空地
不去问命运知道的事情

1983年11月

142143

1 4 6

1 4 7

往世

来到这个世界上
我什么也不知道
我只知道
我忘了一件事
我用诗想这件事

来到这个世界上
我知道了一件件事
都不说
那件事
诗让我说那件事

我　　会　　逃　　走
　　　　　　　　　路　　会　　消　　失

1987年6月（德·明斯特）

5 1

墓床

我知道永逝降临，并不悲伤
松林间安放着我的愿望
下边有海，远看像水池
一点点跟我的是下午的阳光

人时已尽，人世很长　我在中间应当休息

1988年1月（新西兰）

走 过 的 人 说 树 枝 低 了　　　走 过 的 人 说 树 枝 在 长

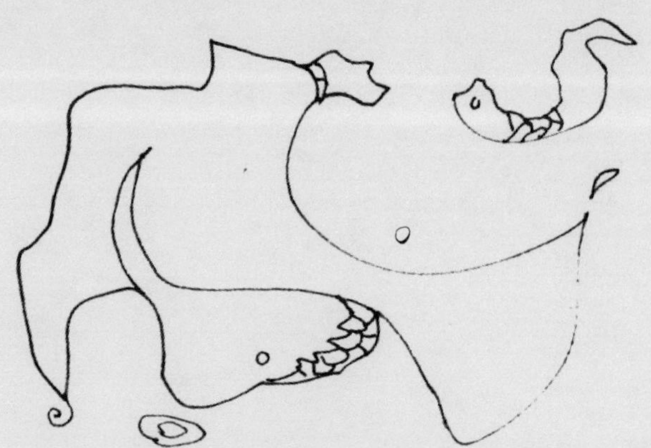

6 1

因为思念的缘故

我会慢慢修一条小路
使它通向林中小屋
玻璃上有太阳和蓝色
还有金银草和小鸟飞舞
我让木风车轻轻转动
播撒我们心里的幸福
我让阳光没有遮拦
穿过我们透明的肌肤

一颗心被箭射中
因为思念的缘故

许许多多大昆虫说着
就开始和鸟抢吃苞谷
有一些被羊吃掉
剩下的还得提防老鼠
我们把事情安排停当
就回想那个听来的地图
说山也高林也密月亮都怵
说进不去出不来风都糊涂

我知道这一天无法记住
因为思念的缘故

一路上我收集了些种子
想它们重新开花长成小树
星星打扮好了都在下山
月亮犹犹疑疑却不孤独
空地上有我刚翻过的绿土
擦擦锄就落进了迷雾
忽然落到梦里变成件衣服
在你离去时为你祝福
字迹已经模糊
因为思念的缘故

1991年3月

1

4

6

6

5

168

169

你喜欢歌谣

你喜欢歌谣　孩子
这歌是唱给你的
这漂亮的蜜色的火焰
一次次被秋天吹动

早晨干净得像一块玻璃
上边有水　亮着
开始还不知道呢
为你在树林里歌唱

唱过的树都倒了
花开如火　也如寂寞

1991年9月

要用光芒抚摸

：

这个岛真好
一树一树花
留下果子

我吃果子
只是为了跟花
有点联系

•

光没有罪恶
要用光芒抚摸

你把我没入水中
吐出空气
吐出人和树
你让我站到最深的地方
站在柔软凄凉的光上
我知道我的道路
是最美的

1992年1月